KB119510

0000

0000

임선우

위즈덤하우스

차례

곤란한 일

곤란하네……. 하필이면 마감일에 납치를
당했다. 편집자는 나를 더는 기다려주지 않을
것이다. 지난주에 내가 편집자에게 받은 메일
마지막 문장: 이대로 계속 회신이 없으시다면
연재 중단으로 받아들이겠습니다. 편집자의
어조는 날이 갈수록 딱딱해지고 있었고,
메일 앞뒤로 붙이던 인사말은 사라진 지
오래였다. 그도 그럴 것이 나는 연재 중이던

만화를 휴재한 뒤 1년째 복귀를 미루고 있었다. 마감이 늦어질 때마다 잠적해버리자, 대신해서 상황을 수습하던 편집자의 인내심이 마침내 동나버린 것이다. 와중에 내 만화는 간신히 유지되던 적은 조회 수마저 점점 바닥나고 있었다.

하지만 어쩌겠는가? 나는 납치를 당했다. 납치당한 과정은 전혀 떠오르지 않는다. 책상 앞에 앉아 쏟아지는 졸음을 참아가며 만화를 그리던 것이 마지막 기억인데, 눈을 떠보니 삭막한 지하실 바닥에 나동그라져 있었다. 겨우 몸을 일으켜서 지하실에 있는 철문을 열어보려 했지만 굳게 잠긴 채였다. 빈방을 서성거리던 중 어디선가 낯선 목소리가 들려왔다. *잠시만 거기서 기다려. 금방 돌아올게.* 젊은 여자의 음성이었고, 묘하게 다정한 느낌이 들어서 소름이 끼쳤다. 그 말을 끝으로 다시금 긴 정적이 이어졌다.

내가 또래 여자에게 원한 살 일이 있었나? 지난 30년을 재빨리 반추해보았지만 12년간 히키코모리였던 나에게는 또래 여자와 대화해본 적이 언제인지조차 가물가물했다. 또래 여자는 무슨, 제대로 사람을 마주했던 기억이 고등학교 중퇴 이후로 없었다. 가만 있어보자……. 내 담당 편집자가 몇 살이었더라?

등골이 오싹해져 주위를 둘러보았으나 여전히 아무도 없었다. 스트레스가 극에 달한 편집자가 참다못해 나를 납치 감금한 것일까? 내 집 주소를 아는 사람 또한 그뿐이었다. 그런데 다시 생각해보니 납치범이 정말 편집자라면, 내가 희생당하는 것이 마땅한 도리일 듯했다. 마감이 늦어질 때마다 원고 대신 목숨이라도 내놓고 싶은

심정이었으니까. 이렇게나마 속죄할 수
있다면 나로서도 바람직한 죽음일 것이다.

　　김미진 편집자님? 나는 한결 차분해진
마음으로 바닥에 드러누워 편집자의
이름을 불러보았다. 역시 대답이 없었으나,
딱히 할 일도 없고 해서 편집자의 이름만
계속해서 불렀다. 김미진 씨, 미진 씨, 김미진
편집자님. 대답이 들려온 것은 이름을
수십 번째 부르던 중이었다. *조용히 해.*
목소리는 조금 전보다 낮고 거칠어져 있었다.
김미진 편집자님이신가요? 벌떡 자리에서
일어나보았으나 김미진 편집자는커녕 아무도
보이지 않았다. 대신에 존재하는지도 몰랐던
천장의 환기구 틈새로 별안간 시꺼먼 것이
툭, 하고 튀어나와 바닥으로 떨어졌다. 놀란
가슴을 부여잡고 바라보자 그것은 검은
고양이였다.

고양이와 나는 몇 걸음 떨어진 채 서로를 바라보았다. 동시에 조금 전의 낮은 목소리가 들려왔다. *시끄럽게 굴어서 좋을 거 없어.* 지금 저 고양이가 나에게 말을 걸고 있는 것일까? 여기가 대체 어디지? 혼란스러운 와중에 뜻밖의 대답이 돌아왔다. *여긴 삶과 죽음의 중간 지대야.* 머릿속에서 울리는 듯한 음성은 손으로 귀를 막아도 계속해서 들려왔다. *이 건물에는 너와 나뿐이고, 너는 어젯밤에 죽었어.*

내가 죽었다고? 검은 고양이를 바라보며 어떻게 된 일인지 묻자, 고양이는 대답 대신 기지개를 켜더니 구석 자리로 걸어가 몸을 웅크리고 앉았다. 동시에 머릿속의 말소리가 이어졌다. *지금 배고프지 않지? 목마르지도 않고? 요의나 피곤함을 느낀 적은?* 그러고 보니 며칠째 마감하느라 밤을 새웠는데도

몸과 마음이 어느 때보다 가뿐했다. 네가
나를 죽인 거야? 내 질문에 고양이는 고개를
들어 나를 바라보았다. *너는 혼자 죽었어.* 왜?
설마 과로사? 아니, *보일러 배기가스 연통이*
빠지는 바람에 일산화탄소 중독으로 사망. 전
집주인 할머니가 겨울에는 보일러를 점검해야
한다고 신신당부했었는데, 3년간 차일피일
미뤄왔다는 사실이 떠올랐다. 쏟아지던
것은 잠이 아니라 죽음이었구나. 그래도
그렇지, 나이 서른에 이따위로 죽어버리다니.
허무해지려던 찰나 또다시 목소리가
들려왔다. *걱정하지 마, 넌 아직 완전히 죽지*
않았어. 네 영혼이 저승에 닿기 전에 내가
납치했거든.

    고양이는 나에게 일어났던 일을
간략하게 설명해주었다. 원래대로라면
나는 죽어서 저승으로 가든 내세로 가든

해야 했는데, 때마침 뒤따라오던 자신이 내 영혼을 납치했다는 것이었다. 그러니까 나는 황천길에 납치를 당한 셈이었다. 고양이와 내가 서로의 말을 이해할 수 있는 것도 이곳이 중간 지대이기 때문이었다. 가까스로 상황이 파악되자 기가 막혔다. 너는 정말…… 나한테 그러고 싶었니? 대체 내가 무슨 죽을죄를 지었다고? 그러자 한결 누그러진 투로 대답이 돌아왔다. *너는 잘못한 거 없어. 묻는 말에 대답만 잘하면 풀어줄게.* 여기서는 풀려나도 저승으로 가는 거 아니야? *그럴 수도 있고, 네가 원한다면 네 삶으로 다시 돌아갈 수도 있어.* 그게 무슨 말이야? *나는 너를 환생시켜줄 수 있거든.*

비법 전수

고양이의 목숨은 아홉 개. 그 말을
진지하게 생각해본 적은 단언컨대 없었다.
고양이들은 아홉 개의 생을 구슬 형태로
몸에 품은 채 태어난다고 검은 고양이가
말해주었을 때 나는 코웃음을 쳤다. 그러면
내가 10년 전에 챙겨주다가 떠나보낸
길고양이도 지금쯤 환생해 있겠네?
10년이라면 장담하긴 어렵지만, 그 애한테
구슬이 충분히 남아 있었다면 그렇겠지.
뜻밖에 진지하게 대답이 돌아와서 나는
말문이 막혔다.

모든 생명은 죽고 나서 이승과 저승의
중간 지대에 있는 터미널로 가. 그곳에서
저승 명부에 등록되고 나면 저승으로 갈지,
내세로 갈지 결정되니까. 너는 명부에

등록되기 전에 납치된 데다가 운 좋게도 나를 만났으니, 내 부탁만 들어주면 원래 네 삶으로 돌아갈 수 있을 거야. 고양이의 보은을 입은 사람은 다시 살아나는 일이 가능하거든. 고양이가 차분하게 설명해주었으나 나는 그저 혼란스러웠다. 이게 다 무슨 소리일까.

나는 바닥에 주저앉아 곰곰 생각해보았다. 내가 죽은 게 사실이라면, 내 죽음이 외부에 알려지기는 할까? 나는 성인이 되자마자 오래된 주택의 하숙방을 얻어 혼자 살아왔다. 3년 전 집주인 할머니가 지병으로 돌아가시자 주택을 매입했는데, 귀가 어두워서 모든 말을 고함치듯 하던 집주인 할머니가 떠나자 집은 물속처럼 고요해졌다. 지난 3년간 나와 교류한 사람은 0명. 김미진 편집자 또한 나를 포기했을 것이다. 그러니 우리 집에 찾아오거나 나의 부재에 의아함을 느낄 사람은 없었다. 지금 이 순간에도 내 시체는 고요하고 은밀하게 썩어가고 있을 것이었다.

중간 지대에서 흐르는 시간은 이승에 적용되지 않아. 내 속마음이라도 읽었는지 고양이가 말했다. 이곳에서 천 년을 살더라도 이승으로 돌아가면 네 숨이 끊어지던 마지막 순간에서 단 1초도 지나지 않았을 거야. 내 구슬 하나를 너에게 줄 테니까 그걸 입에 물고 이승으로 돌아가도록 해. 고양이는 나에게 보은을 약속하겠다면서, 고양이의 보은을 입은 사람은 죽음의 문턱에서 살아 돌아오는 것이 가능하다고 했다. 나는 전혀 윤기 나지 않는, 마르고 푸석한 고양이의 몸을 바라보다가 물었다. 나한테 이렇게까지 해주는 이유가 뭐야? 그러자 고양이는 한동안 나를 응시하다가 대답했다. 너는 내가 살면서 만나본 생명체 중에서 가장 존재감이 없어. 그

비결을 나한테 알려줬으면 해.

존재감 제로의 인간

농담이지? 처음에는 웃어넘기려고 했다.
내가 농담이나 하려고 너를 따라 죽었겠니?
라고 돌아온 대답에 그만 웃음기가 싹
가셨지만. 고양이는 자신이 특수요원이라고
했다. 길고양이들의 안전한 삶을 위해
여러 임무를 수행하던 중 몇 년 전부터
나를 지켜봐왔다고. 어떻게 하면 인간이
그렇게까지 존재감이 없을까? 너는 눈에
띄지 않고, 아무 소리도 내지 않고, 아무
냄새도 나지 않아. 밤중에 간혹 편의점 가는
것 외에는 외출하거나 누군가를 만나는
일도 없지. 언젠가 한번은 네가 내 앞을
지나갔는데, 멀어진 네 뒷모습을 보고 나서야

그 사실을 알아차릴 정도였어. 처음에는
흥미로웠지만 시간이 지날수록 두려워졌지.
인간을 피해야만 살아남을 수 있는 세상에서,
인기척 없는 인간이 나타났다는 사실이.

그래서 나를 감시한 거야? 얘기를 듣던
내가 물었다. 너 같은 인간이 늘어난다면
우리로서는 큰일이니까. 다행히 그 이후로
너만큼 존재감 없는 인간은 발견하지
못했어. 그 말을 듣자 더는 저릴 리 없는
가슴 한구석이 저릿했다. 존재감이 없는
편이라고는 생각했지만, 그 정도일 줄은 미처
몰랐다. 움츠러든 나를 아랑곳하지 않은 채
검은 고양이는 말을 이어갔다. 어떻게 하면
그렇게까지 존재감이 없을 수 있는지 비결을
듣고 싶어.

존재감이 없고 싶어서 없는 게 아닌데
비결이 어디 있겠어. 내 말에 고양이는 보은을

포기할 생각이냐고 물었다. 보은을 포기하면 죽거나 다음 세상으로 넘어간다는 거 아니야? 나는 아무래도 그편이 나을 것 같은데.

미안하지만, 하고 고양이는 내 말이 끝나기도 전에 말했다, 너는 지금 납치된 거야. 나를 도와주지 않는다면 너는 이곳에 영영 갇히는 거라고. 말 나온 김에 묻는 건데, 여기가 대체 어디야? 나는 주위를 둘러보며 물었다. 텅 빈 지하실에는 그 흔한 가구 하나조차 보이지 않았다. 고양이는 이곳이 원래는 제2터미널이 되려고 했으나 완공을 며칠 앞두고 알 수 없는 이유로 무산된 곳이라고 했다. 모두에게 잊힌 지 오래된 장소니까, 네가 구출될 가능성은 제로에 가까워.

터미널이라면 고양이가 아까 말한 이승과 저승, 환생과 내세의 중간 지점을 말하는 것일 테지. 어쩐지 공간이 지나치게 넓고

텅 비어 있었다. 고양이 부탁을 들어주지
않는다면 나는 이곳의 지박령이 되어 영원히
홀로 지내게 될 것이었다. 아무런 욕망 없이,
아무런 희망도 없이. 그것은 의외로……
나쁘지 않았다. 왜 아무 말이 없어? 고양이가
나에게 물었다. 오랫동안 아무것도 하지 않는
삶을 꿈꿨거든. 그게 마침내 이뤄졌나 싶어서.
내가 대답했다.

　　고양이를 도울 수 있다면 물론 좋겠지만,
나는 내가 유별나게 존재감이 없는
이유를 진심으로 알지 못했다. 알았더라면
진작에 문제를 해결하고 평범한 인간으로
살아왔겠지. 존재감 제로의 인간으로 산다는
것은 생각보다 난감하고 피곤한 일이었다.
학창 시절 나는 결석해도 결석 체크가 되어
있지 않고, 조를 짤 때는 매번 혼자 남아
있던 학생이었다. 성인이 되어도 상황은

크게 달라지지 않아서, 집 앞 편의점 야간
아르바이트생은 내가 있음에도 불구하고
매장 문을 잠그고 화장실에 다녀오는 실수를
다섯 번이나 반복했다. 그는 매장에 우두커니
갇힌 나를 보고는 매번 사색이 되어 사과했다.
죄송해요, 아무도 없는 줄 알았어요. 2년 뒤에
아르바이트생이 다른 사람으로 바뀌었을
때는 내심 기뻤으나, 바뀐 아르바이트생 또한
나를 가두고 화장실에 갔을 때는 이것이
내 문제라는 사실을 인정해야 했다. 가장
수치스러웠던 기억은 정류장에서 버스를
기다리고 있던 나에게 요크셔테리어 한
마리가 다가와 뒷다리를 들고 오줌을 갈겼던
일. 당황한 주인이 연신 사과하며 세탁비를
물어주겠다고 하는 동안에도 작은 개는 그저
자신이 할 일을 했다는 듯이 입을 쩍 벌리며
하품할 뿐이었다. 개는 나를 담벼락이나 나무

밑동과 동일시한 것일까? 정류장에서 도망쳐 나와 먼 길을 걸어서 집으로 돌아오는 동안, 나는 축축해진 청바지 밑단만큼이나 나의 존재에 대한 깊은 회의감에 젖어들어야 했다.

다시 말해서…… 나야말로 이런 일들을 겪고 싶어서 겪었겠는가? 세상에는 그저 불운하리만치 존재감 없게 태어나는 인간도 있는 법이었다. 아까부터 나를 노려보는 고양이를 무시한 채, 나는 바닥에 드러누웠다. 그러고 보니 지난 몇 년간 시큰거리던 손목과 허리의 통증이 느껴지지 않았다. 게다가 시간이 흐르지 않는다고? 평생을 마감에 쫓겨온 사람에게는 그 또한 나쁘지 않은 조건이었다.

오랜 침묵이 흐른 뒤에 고양이는 이전과 다른 목소리로 입을 열었다. 먼발치에서 볼 때 너는 다정한 사람이었는데. 그게 무슨

소리야? 너는 귀가 어두운 집주인 할머니를
모시고 병원이나 은행에 가는 사람, 비
오는 날에는 실내에 있던 화분들을 마당에
내놓는 사람, 분리수거장에서 다른 사람들의
쓰레기까지 정돈하던 사람이었는데, 직접
만나보니 다르구나. 할머니가 계실 때부터
나를 지켜봤어? 놀란 내가 몸을 일으키며
묻자, 고양이는 지난 생에서부터 나를
지켜봐왔다고 대답했다. 네가 죽는 순간에도
나는 너를 바라보고 있었어. 어젯밤 담벼락
위로 올라갔을 때 책상에 엎드려 잠든 네
몸에서는 빛이, 창밖으로 새어 나올 정도로
강렬한 새하얀 빛이 나고 있었어. 너는 한참을
빛나다가 돌연 캄캄해졌고, 그 순간에는
누군가 말해주지 않아도 알 수 있었지. 네가
죽었다는 사실을.

그러고 보니 존재감 얘기에 정신이 팔린

나머지 고양이가 했던 말을 깜빡 잊고 있었다.
나를 따라 죽었다는 게 사실이야? 내가
물었다. 응, 이승에서는 지금처럼 너랑 대화할
수 없었으니까. 고양이는 나를 따라가기
위해 차도로 몸을 던졌고, 대형 트럭이었기에
고통을 느낄 새도 없었다고 했다. 일곱 번째
죽음이었기에 눈에 익은 황천길을 쉼 없이
내달려서 비몽사몽이던 나를 납치했다는
것이다. 나는 세상에 태어나는 길고양이들이
무사히 자라나서 성묘가 되길 바라. 그럴 수만
있다면 목숨 하나쯤이야 전혀 아깝지 않아.
고양이는 존재감 없애는 방법을 알게 되면
길고양이들이 더욱 안전하게 살아갈 수 있을
거라고 했다.

　　나도 너를 돕고 싶지만, 존재감이 없는
비법 같은 것은 애초부터 없어. 나는 존재감이
없고 싶어서 없는 게 아니거든. 살다 보니

이렇게 되었을 뿐이지. 그러자 고양이의
눈빛이 달라졌다. 모든 일이 일어나는 데는
원인이 있어. 네가 존재감이 없게 된 데에도
분명 원인이 존재할 거야. 고양이한테 인과율
법칙도 듣고, 이 정도면 충분히 오래 산 것이
아닐까. 속으로 생각하던 중 고양이가 물었다.
너를 따라서 죽었다니까 나를 도와주고 싶은
마음이 생긴 거야? 그렇다기보다는, 하고
나는 잠시 머뭇거린 다음 대답했다, 너한테
고마워서. 나는 죽는 순간까지 늘 혼자였다고
생각했거든. 내 마지막을 네가 지켜보고
있었다고 생각하니 마음이 훨씬 나아졌어.

　　정말로 자신을 도와줄 생각이 있는지
고양이가 되물었을 때 나는 최선을
다해보겠다고 대답했다. 그제야 긴장이
풀렸는지 고양이는 바닥에 몸을 엎드린
채 곰곰 생각해보다가 물었다. 짐작 가는

사건이라도 없어? 아무리 그래도 태어날
때부터 존재감이 없진 않았을 거 아니야.

기의 공을 만들자

존재감을 사라지게 만든 사건이라. 삶을
되짚어보느라 생각에 잠긴 나를 고양이는
차분하게 기다려주었다. 어릴 적에 기
수련원에서 지낸 적이 있어. 알고 보니
사이비였지만. 잠시 뒤에 내가 말했다. 거기서
수련했더니 존재감이 사라진 거야? 확실한
건 아니지만…… 아무래도 기 수련원 이후로
존재감이 옅어진 듯해.

내가 열 살이던 해에 아버지가 집을
나가자 낙담한 어머니는 한낮에도 커튼을
치고 어두운 방 안에 누워 있었다. 그때
이웃집 여자가 다가와 어머니에게 기 수련을

추천했다. 자기야, 기를 모아서 둥근 공을
만든다고 생각해봐. 공을 손안에서 천천히
굴릴수록 정신이 맑아지고 따뜻한 기운이
온몸으로 퍼져나갈 거야. 그러면 마음이
허하지 않을 거야. 지아 아버지가 떠난 것은
생각나지도 않을 거야. 같은 해 겨울 어머니는
나를 데리고 기 수련원에 들어갔다. 그 시기에
일어났던 일들은 아주 사소한 것, 그러니까
독특한 향냄새와 보푸라기 일어난 단체복, 긴
나무 바닥 복도와 몸을 비틀어대던 사람들의
모습까지 전부 기억 속에 각인되어 있다.
어머니가 원장 부부를 대신해서 사기죄로
감옥에 들어가기 전까지, 그곳에서 나는
6년간 기의 공을 만드는 일에만 몰두했다.
돌이켜보면 수련원 생활 이전에는 비교적
평범하게 살아왔던 것 같은데, 역시 기 수련이
문제였나.

그렇게 해서 시작된 고양이와의 수련
시간. 기왕 이렇게 된 김에 제대로 해보자는
생각이 들었다. 정수리-척추-꼬리뼈-모세혈관
순서를 기억하면 돼. 내가 정좌하며 말했다.
하늘의 기운이 정수리 안으로 들어와서
척추를 타고 꼬리뼈까지 내려가게 한 다음,
모세혈관을 통해 온몸으로 퍼져나가게 하는
거지. 그러다 보면 손바닥 안으로 천천히
기운이 고이기 시작하는데, 그것을 둥글게
굴려서 공을 만드는 거야. 그렇지만 수련에
앞서서 속죄부터 해야 해. 탁한 몸에 하늘의
기운이 들어올 리 없으니까. 고양이는 자신
있다고 대답했다. 나에게는 지난 생들 전체가
속죄의 시간이었거든.

그 말에 속죄에 대해 설명하려던
나는 입을 다물었다. 하기야 나야말로
속죄하는 방법에 대해서는 무지했다. 과거

수련원에서는 여자 원장이 쓴 책을 필사했고, 남자 원장의 차를 닦았으며, 식사 준비를 비롯한 집안일을 했다. 한겨울에도 온수를 쓰지 않았고, 언제나 머리를 하나로 묶은 채 앉을 때는 무릎을 꿇고 앉았다. 수시로 뺨과 종아리를 맞았다. 그것이 속죄라고 더는 생각하지 않는다.

고양이는 나를 따라서 앉은 자세로 눈을 감았다. 허락을 구한 다음 고양이 정수리에 가볍게 손을 갖다 대보자, 뜻밖에 부드러운 털의 감촉이 느껴졌다. 하늘의 기운이 네 안으로 쏟아져 들어온다고 생각해봐. 내 손이 고양이의 동그란 뒤통수와 등허리를 타고 내려갔다. 인간은 꼬리뼈에 기운을 모으는데, 고양이의 경우에는 긴 꼬리 끝까지 모아야 하는 걸까? 고양이는 결연한 태도로 수련에 집중하고 있었다. 생각을 전부 비우고 하늘의 기운을 받아들이는 데만 집중해. 내가 말했다.
잠시 뒤에 고양이는 눈을 뜨더니 나에게
물었다. 어떤 순간에도 지울 수 없는 게
있다면 어떻게 해?

비워야만 담을 수 있어. 내가 대답했다.
그것이 내가 수련원에서 배운 것이었다.
아버지와 친구들을 지워. 집으로 돌아가고
싶은 마음을, 네 방 이불의 감촉을, 거실
창문 바깥의 풍경을, 여름이면 집 안까지
밀려들어오던 하천의 물 내음을 지워.
그래야만 하늘의 뜻을 담을 수 있을
테니까. 고양이들에게는 훨씬 어려운
일이겠다고, 나는 덧붙였다. 더 많은 생을
비워야 할 테니까. 그러자 고양이는 여러
번의 생이었다고 해서 많은 것이 마음에
남지는 않는다고 했다. 정말 소중한 것은 늘
하나뿐이었어. 무슨 대답을 하는 것이 좋을까,

고민하는 사이 고양이는 다시 눈을 감으며 말했다. 더 노력해볼게.

검은 고양이가 비워내려고 애쓰는 소중한 것은 무엇일까? 나는 고양이의 새까만 귀나 꼬리가 간간이 움직이는 것을 바라보며 생각에 잠겼다. 지금의 나에게는 삶으로 돌아가는 것과 내세로 가는 것에 별 차이가 없었다. 고양이와는 달리 마음에 간직한 것이 없기 때문일까. 문득 지난여름을 마지막으로 휴재한 나의 만화가 떠올랐다. 끝끝내 채울 수 없었던 무수한 빈칸들. 입을 열지 않던 인물들.

그런 생각 때문이었을까. 거듭된 시도 끝에 지친 고양이가 눈을 떴을 때, 나는 아무래도 다른 방법을 찾는 게 좋을 것 같다고 말했다. 왜? 이상하잖아. 소중한 것을 지키려고 시작한 일인데, 소중한 것을

잊어야만 이루어질 수 있다는 것이. 그러자
고양이는 정좌를 풀면서 실은 잊을 자신이
없었다고 대답했다. 게다가 여기는 중간
지대라서 하늘의 기운이 닿지 않는 것 같아.
나는 그 말에 고개를 끄덕였다. 분명 더 나은
방법이 있을 거야.

쉬는 시간

고양이의 이름은 오후. 첫 번째 생에서
볕이 좋았던 어느 겨울 오후에 태어나서
붙여진 이름이라고 했다. 오후는 지금껏
일곱 번의 생을 살았고, 그중 네 번의 생
동안 특수요원 일을 해왔다. 미리 말해두는
건데, 나한테 보은할 필요는 없어. 나는 딱히
돌아가고 싶지 않거든. 내가 오후에게 말했다.
이승에서 다시 보고 싶은 것이 하나도 없어?

그 말에 나는 잠시 눈을 감고 생각해본 다음 대답했다. 마지막으로 내 집을 둘러보고 싶긴 해. 그 외에는 없어. 도심에서 약간은 떨어진, 낡고 오래된 주택은 내가 성인이 된 이후로 처음 갖게 된 안전한 공간이었다. 10년 넘는 시간 동안 나는 그곳을 마음 깊이 아끼고 사랑했다. 시간이 지나서 그 집이 나를 죽이게 될지도 모르고.

　너도 지켜봐왔으니 알겠지만, 딱히 애착을 가질 만한 삶이 아니었잖아. 내가 말했다. 글쎄, 하고 오후는 말을 이어갔다. 너는 대부분 무표정하게 책상 앞에 앉아 있었지만, 나는 환희에 찬 네 얼굴도 알고 있어. 그 얼굴을 언제 봤는데? 마찬가지로 네가 책상 앞에 앉아 있었을 때. 대답을 듣자 무척 쓸쓸해졌다. 오후의 말이 맞다. 내가 사랑하던 일은 나에게 기쁨과 절망을 동시에 가르쳐주곤 했었다. 그렇지만 이제는 아니라고, 나는 오후에게 말했다. 어느 시기 이후로는 만화를 그리면서 한 번도 기쁘지 않았어.

네 번의 삶 동안 특수요원이었다고 했지? 중간에 포기하고 싶었던 적은 없었어? 내가 물었다. 응, 아이들을 위해서였으니까. 오후가 대답했다. 아이들이 있었어? 나는 놀라서 되물었다. 세 번째 생에서 처음으로 성묘가 되었을 때 두 아이를 낳았어. 평생 지켜주겠다고 약속했지만 그럴 수 없었지. 공원 벤치 옆에 놓인 밥그릇에 누군가 약을 탔거든. 저녁을 먹자 위장이 타들어가는 듯했고, 물을 마시기 위해 근처 연못으로 가던 길에 죽어버렸어. 불행 중 다행으로 아이들은 사료를 먹을 만큼 자라기 전이었지. 그 뒤로 네 번을 더 태어났지만, 아이들을 다시 만날 수는 없었어. 오후는 아이들을 간접적으로나마 보호해주기 위해서 특수요원이 되었다고 했다. 오후가 덤덤한 목소리로 전해주는 이야기를 들으면서, 나는 어떤 사랑은 노력 없이도 지속되는구나 깨달았다.

　　나한테는 곧장 삶으로 되돌아갈 수 있다고 하지 않았어? 문득 생각이 나서 묻자, 부활이 가능한 건 보은뿐이라는 대답이 돌아왔다. 고양이들은 환생이 가능한 것이지, 부활까지 허용된 건 아니니까. 환생에는 49일이라는 시간이 걸려서 내가 돌아갔을 때 아이들은 전부 사라진 뒤였어. 잠시 뒤 오후는 나에게 말했다. 고양이들이 영역 동물인 이유는 지난 생에 만났던 소중한 존재를 다시 만나고 싶어서야. 한 번의 생은 눈 깜짝할 사이에 지나가 버리지만, 사랑하는

대상에 대한 마음은 무한하니까. 그러니 다시
태어나서도 그 고양이의 영역을 찾아가던가,
아니면 내가 있던 영역에서 기다리는 거야.
서로의 영역에서 벗어나는 순간 다시 만날
확률은 극히 낮아질 테니까.

그것이 고양이들이 목숨을 걸면서까지
자신의 영역에서 벗어나지 않는 이유라고
오후는 설명했다. 재개발로 건물이
무너지거나 강한 천적이 나타나더라도 영역을
쉽게 떠날 수는 없어. 굶어 죽거나 얼어 죽는
한이 있더라도 사랑하는 존재를 다시 만날 수
없는 것보다는 낫잖아.

다른 나라에서 태어나본 적은 없어? 응.
대한민국에서 길고양이로 일곱 번의 삶이라.
쉽지 않았겠다고 나는 생각했다. 오후는
아이들을 찾다 보니 탐정이 되었고, 때로는
불법적인 일도 저지르다가, 최종적으로는

특수요원이 되었다고 했다. 그런 오후를
도와주고 싶지만 대체 어떻게…… 고민하던
찰나 오후가 나에게 물었다. 기 수련원에서
나온 이후로는 어떻게 지냈어?

가구가 되자

수련원에서 나온 뒤로 장밋빛 미래가
펼쳐진 것은 물론 아니었다. 나는 얼굴도
몰랐던 친할머니와 단둘이 살게 되며 집
안에서는 투명 인간 취급을, 학교에서는
따돌림을 당했다. 친할머니는 식사 때가 되면
언제나 밥상을 1인분만 차려서 혼자 먹었다.
내가 텔레비전을 보고 있으면 텔레비전을
껐고, 방 안에 있으면 들어와서 불을 껐다.
유급해서 들어간 고등학교 생활도 별반
다르지 않았다. 수련원에서 통용되던 상식은

학교와 맞지 않았다. 수업 시간 선생님의 질문에 대답할 수 없었던 나는 내 손으로 뺨을 내리쳤다. 선생님이 내 자리로 다가와서 말릴 때까지 계속해서. 그렇지 않아도 나를 피하던 아이들은 그날 이후로 아무도 나에게 말을 걸지 않았다. 집에서도 학교에서도 나는 의자에 가만히 앉아 낮과 밤이 바뀌기만을 기다렸다. 간혹 무언가를 적거나 그렸지만, 그밖에는 아무것도 하지 않았다. 그때 내가 연습했던 것은…….

눈을 감고 믿는 거야. 나는 의자라고, 책상이라고, 옷장이고 침대라고. 나는 오후에게 말했다. 눈앞에 있는 사물과 나를 완전히 동일시해야 해. 그것은 수련원에서 나온 이후로 성인이 되기 전까지 내가 가장 많이 하던 상상이었다. 그렇게 의자가, 시계가, 가방이 되다 보면 나조차도 내가 사람인지

사물인지 의심하는 순간이 찾아왔다. 그것이
내 존재감에 장기적인 영향을 끼친 것일까?
처음에는 네 몸 크기와 비슷하면서 너에게
익숙한 사물이 좋은데, 하고 나는 주위를
둘러보며 말했다, 여기에는 아무것도 없네.
그렇지만 상상할 수 있잖아. 오후가 말했다.
공원의 벤치를, 가로등을, 대형 쓰레기통을
오후는 눈 감으면 떠올릴 수 있다고 했다.
그중 가장 좋아했던 사물이 뭐야? 넓은 벤치.

그럼 지금부터 네가 벤치라고 생각해봐.
나는 오후 곁으로 다가가 벤치 되는 법을
알려주었다. 목제 벤치인데 양쪽에 철제
팔걸이가 달려 있고, 2인용이지만 세 사람이
앉아도 괜찮은 크기야. 머릿속에 그려져?
오후는 고개를 끄덕였다. 우선 구석진
자리로 가서 일자로 평평하게 누워. 자세가
구부러지거나 흐트러지면 벤치로서의

본질을 잃는 것이니 주의하면서. 기후나
기분의 변화를 느끼지 말아야 해. 느닷없이
너를 찾아와 짓누르는 무게와 압박감에
대해 내색하지 말아야 해. 너에게 다가오는
사람들에게 무감해야 하고, 자신의 체온을
너에게 나눠주었다가 홀연히 떠나버리는
이들을 그리워하지 말아야 해. 누군가 다정한
말을 건네도 기억하지 말아야 하고, 누군가 네
발치에 침을 뱉어도 기억하지 말아야 해.

　　생각보다 어렵구나. 오후가 말했다. 가장
어려운 일은 공포를 잊는 거야. 공포? 하고
오후가 물었을 때 나는 잠시 머뭇거리다가
입을 열었다. 내가 이 공간에 어울리지
않는다는 사실이 발각될 거라는 공포. 그러니
내가 숨이 붙어 있는 존재라는 걸 아무도
눈치채지 못하도록 숨죽이다가, 계속해서
숨죽이다가 사물이 되어버리는 거야. 내 말을

들은 오후는 말없이 눈을 감은 다음 천천히
벤치가 되어갔다.

　나는 벤치가 되어가는 오후를 멀거니
바라보았다. 오후의 몸은 벤치가 되기에는
너무 작고 부드러웠다. 그럼에도 오후는
자신을 벤치라고 믿는 순간 벤치가 될 것이다.
작았던 몸을 잊고 부드러웠던 살갗과 털을
잊고 나무와 철제로 이루어진 사물이 될
것이다. 숨을 쉬어도 숨을 쉬는지 아무도
모르고, 견디기 힘든 순간이 찾아와도 아무도
모를 것이다. 오후의 몸이 두 동강 나듯
부러지기 전까지는 아무도 오후가 얼마큼의
무게를 견뎠는지 가늠하지 않을 것이다.
혹은 부러진 모습을 보아도 가늠하지 않을
것이다. 그러면 오후는, 오후가 지키고 싶었던
길고양이들은 안전해질 수 있을까?

　이미 죽은 상태이기 때문일까. 오후는

빠른 속도로 수월하게 벤치가 되어갔다. 생물의 적막은 언제든 깨질 가능성으로 충만하기에 기대와 기다림이 따라붙지만, 사물의 적막에는 누구도 관심을 기울이지 않는다. 적막에 무심해지는 내 마음을 느끼면서 나는 오후의 변신이 성공적으로 이루어지고 있음을 알았다. 오후의 변신이 더 진행된다면 나는 어느 순간 텅 빈 지하실에 홀로 있음을 깨닫게 될지도 몰랐다. 오후 위에 앉은 채로 내가 왜 혼자 남겨진 것인지 어리둥절해할지도. 그토록 완벽한 변신은 나의 오래된 꿈이었다. 어릴 적 나는 친할머니가, 학교 선생님과 동급생들이 나라는 존재를 말끔히 잊고 살아가길 바랐다.

　　오후, 너는 변신에 재능이 있는 것 같아. 내가 나지막이 중얼거렸다. 오후가 벤치에서 오후로 돌아올 수 있도록. 한동안 오후는

깊은 잠에서 깨어난 듯 멍해 보였다. 확실히
고양이로서의 존재감이 희미해진 것 같아.
오후가 말했다. 사물처럼 살다 보면 존재감이
희미해지는구나.

　　내친김에 오후는 다른 사물로도
변신해보고 싶다고 했다. 이를테면
가로등으로. 가로등 밑에 앉아 있으면
노란빛으로 털이 물들면서 마음이
편안해졌거든. 나는 머릿속으로 높은 가로등
하나를 그려보았다. 가로등이 되려면 어두운
장소부터 찾아야 해. 내가 입을 열었다.
도시는 이미 포화 상태니까 외진 지역을
찾아보는 것이 좋지만, 농작물 근처는
피하는 것이 좋아. 그런 다음 준비해온
삽으로 발목이 묻힐 만큼 땅을 파내는 거야.
양발을 땅에 묻고 척추를 곧게 세워서 차렷
자세를 유지해야 해. 가로등이 된다는 것은

오래도록 견디는 일. 낮에는 무용함을 견디고
밤에는 피로를 견뎌야 해. 주변이 밝아지면
어두워지고, 어두워지면 홀로 밝아져야
해. 다른 것은 생각하지 말고 어둠 속에서
집요하게 빛을 상상하는 것이 좋아. 모든
기운을 위로 끌어올린다면 한밤중 머리에
환한 불이 켜지는 순간이 마침내 찾아올 거야.
가로등이 되는 데 성공한다면 누군가 다가와서
네 몸에 현수막을 걸거나 수상한 번호가
적힌 스티커들을 붙일 거야. 그것들을 스스로
떼어내서는 안 돼. 어둠이 깊어지면 너에게
닿기를 희망하는 벌레들과 슬픈 인간들이
찾아올 거야. 그들을 내쫓아서는 안 돼.

　　오후와 내가 꼿꼿하게 서서 머리에 불이
팟, 하고 들어오는 순간을 기다리던 중이었다.
별안간 굳게 닫혀 있던 철문이 열리더니
삼색 고양이 두 마리가 안으로 들어왔다. 뭐

하고 있었어? 그중 몸집이 약간 더 커다란 쪽이 물었다. 가로등으로 변신하던 중이었어. 어느새 가로등에서 고양이로 돌아온 오후가 대답했다. 이럴 수가, 납치극에 공범이 있었다니. 나 또한 서둘러 가로등에서 깨어나 인간의 눈으로 오후를 바라보았다.

쉬는 시간

누구야? 나는 약간의 배신감을 느끼며 오후에게 물었다. 여섯 번째 생에서 내가 키웠던 애들이야. 지금은 터미널에서 살고 있어. 오후가 대답했다. 나는 오후에게 아이들이 더 있었다는 사실에 내심 놀랐다. 터미널에서 살 수도 있어? 되묻자 삼색이 중 조금 더 큰 쪽이 원래는 안 되지만 어쩔 수 없지, 하고 대답했다. 삼색이들은 환생 구슬이 남아 있음에도 불구하고 터미널에서 사는 중이라고 했다. 우리는 네 번 환생하는 동안 서로를 찾아서 계속 함께해왔어. 그렇지만 다음 생에도 그러리라는 보장은 없으니까 이곳에 머무르기로 한 거야.

이 공간을 알려준 것도 얘네들이야. 오후가 말했다. 역시 공범이 맞았구나, 하고 나는 속으로 생각했다. 그래서 비법은 알아냈어? 작은 삼색 고양이가 오후에게 묻자, 오후는 그들에게 사물로 변신하는 방법에 대해 알려주었다. 고양이였다가 벤치였다가 가로등이 되는 방법을. 이야기를 들은 작은 삼색이 애매하네, 하고 중얼거리자 큰 삼색이 그러게, 하고 대꾸했다. 그러니까 죽은 듯이 살라는 얘기잖아. 사물처럼 조용하게.

잘못된 방법 같아? 오후가 자신 없는 듯한 목소리로 되물었다. 잘못된 건 아니지만, 하고 큰 삼색이 대답했다, 오랫동안 죽어 있다 보면 그리운 것이 많아지거든. 살아 있을 때의 감각들, 그러니까 너무 오래 달릴 때 가슴이 터질 것 같은 느낌, 고단한 하루 끝에 잠에 빠져드는 순간, 돌아다니면서 맡았던 모든 냄새들, 초저녁 골목 냄새, 오래된 건물의 계단참 냄새, 정오의 햇빛을 받아 바삭해진 고양이 털에서 맡아지던 냄새가 큰 삼색은 그립다고 했다. 그뿐만 아니라 살아 있을 때는 고통이라고 느꼈던 추위나 더위, 배고픔, 새벽녘 찬비를 피해 내달리던 순간마저 떠올리면 쓸쓸해진다고. 벤치나 가로등이 되는 건 이곳에서도 할 수 있잖아.

혹시 환생하고 싶어졌어? 가만히 얘기를 듣던 오후가 물었다. 여기서 지낸 지도 벌써 3년째잖아. 큰 삼색은 기지개를 켜며 그런 건 아니라고 대답했다. 소중한 걸 지키다 보면

마음이 약해지기 마련이니까. 아무튼, 비법을
알게 되었다니 축하해. 그러더니 큰 삼색은
나를 돌아보며 덧붙였다. 너는 모르겠지만
엄마가 네 비법을 알아내려고 오랜 시간
애썼거든. 무슨 대답을 해야 할지 몰라서 나는
그저 고개를 끄덕였다.

엄마가 전에 부탁했던 것은 잘 해결됐어.
조용하던 작은 삼색이 문득 입을 열었다.
고마워, 하고 오후가 말하자 고맙기는, 하고
작은 삼색이 대답했다. 어쩐지 고양이들은
내 앞에서 조심스레 말을 아끼는 듯했다.
짧은 대화를 끝으로 그들은 몸을 정돈하기
시작했는데, 익숙한 듯 같은 자세로 앞발을
핥는 세 고양이를 바라보며 나는 그들이
가족이라는 사실을 단번에 이해했다.
몸단장을 마친 삼색이들은 이만 가겠다고
했다. 항상 몸조심해. 오후가 당부했다.

어떻게 한 것인지, 두 고양이가 철문 앞에 서자 스르르 문이 열렸다. 그들이 완전히 떠난 다음에 나는 입을 열었다. 저 애들도 특수요원이야? 아니야. 이번에 나를 도와준 것뿐이야.

사물이 되는 게 꺼림칙하다면 다른 방법을 생각해볼게. 내가 말했다. 큰 삼색의 말에 오후가 동요하는 것이 느껴졌기 때문이었다. 그렇게 해줄 수 있어? 반색하는 오후를 보며 제안하길 잘했다는 생각이 들었다. 대신에 나는 오후에게 장소를 옮기자고 했다. 여기는 너무 어둡고 황량해. 그러자 오후가 난감한 기색을 보이며 말했다. 터미널에는 창문이 없어서 어느 곳을 가도 여기와 마찬가지야. 그러면 터미널 바깥으로 나가면 되잖아. 건물 밖으로 벗어나는 건 위험해. 발각되는 즉시 내세로 이송되거든.

그러면 네 아이들은 이 건물에서만 숨어
지내는 거야? 내가 놀라서 물었다. 감시를
피해 외출할 때를 제외하면 대체로 그렇지.
오후가 대답했다.

이 건물에는 아무것도 존재하지 않았다.
낮도 없고 밤도 없고, 회색빛 천장과 벽과
바닥으로만 이루어진 메마른 무(無)의 세계.
그 애들이 계속 이곳에서 지내도 되는 걸까?
걱정스러운 마음이 들어 물어보자, 오후는
나른한 목소리로 대답했다. 함께일 수만
있다면 뭐든 어떠니.

오후는 아이들의 선택을 이해할 수
있다고 했다. 첫 번째 생에서 오후는 태어난
지 한 달을 넘기지 못하고 죽었고, 이어진
두 번째 생에서도 마찬가지였다. 세 번째
생이 시작되었을 때 죽음은 이미 오후에게
비와도 같았다. 대부분 예보되었으나, 동시에

언제 어디서 들이닥쳐도 이상하지 않은 것. 오후는 썩은 음식도 차디찬 잠자리도 가리지 않았고, 싸움에서는 물러나는 법이 없었다. 그런 오후가 굴러가는 낙엽에도 소스라치는 겁쟁이가 된 것은 두 아이가 생기고 나서부터였다.

아이들을 지키기 위해서라면 오후는 다쳐서도 죽어서도 안 되었으니까. 죽음이 비라면, 설령 폭우일지라도 눈 한번 깜빡이지 않고 지나가야 했다. 죽음이 거대한 장막이라면, 빛이 보일 때까지 걷어내야 했다. 그렇게 다짐하며 조심하고 또 조심했는데, 울컥울컥 차오르는 검붉은 피를 토해가면서 오후는 마지막 순간에 생각했다. 다음 생에는 반드시 아이들을 찾아서 지켜주겠노라고.

고양이 세계에는 이런 말이 있어. 오후가 말했다. 지난 생의 연에 매달리는 것은 나무가

자신을 스쳐 간 수천의 바람 중 하나를
떠올리는 일, 호수가 자신의 밑바닥으로
가라앉은 하나의 돌멩이를 좇는 일이라고.
그렇지만 나는 기억해낼 수 있어. 나를 전부
뒤바꿔놓은 한 줄기의 바람, 하나의 돌멩이를
나는 단번에 알아볼 수 있어. 그 바람이
아니라면, 그 돌멩이가 아니라면 아무런
의미가 없으니까. 그런 마음은 한 번도 그친
적이 없지? 내가 물었을 때 오후는 대답했다.
그런 마음은 한 번도 그친 적이 없지.

내가 미안해

  아이들이 너랑 닮지 않았더라. 오후의
검고 마른 몸을 바라보다가 문득 말했다. 내가
낳지 않았으니까. 오후가 대답했다. 그렇구나,
아홉 번의 생을 사는 고양이들에게는 엄마가

여럿일 수밖에 없겠구나, 하고 나는 뒤늦게 생각했다. 그러자 오후는 또다시 내 속마음을 엿들은 뒤 말했다. 아까부터 오해하는 것 같은데, 나는 저 애들을 낳았던 적이 없어.

여러 생을 거치며 아이들을 수소문한 끝에 오후는 여섯 번째 생에서 두 아이를 만났다. 아이들은 전생에서 어느 날 아무리 기다려봐도 엄마 고양이가 돌아오지 않았다고 했어. 엄마에 대한 기억은 오로지 털의 촉감과 냄새뿐인데, 그 두 가지가 나와 일치한다는 거야. 반신반의 끝에 오후가 아이들을 품에 안아본 순간, 그러니까 채 다 자라지 않은 고양이에게서만 느낄 수 있는 보드라운 털, 그 아래서 빠르게 뛰는 두 개의 심장박동을 느낀 순간, 오후는 단단하게 얼어붙었던 지난 삶들이 한순간에 녹아내렸다고 했다. 그사이 몇 번의 생이 지나갔는지, 수천 번의

낮과 밤에 담긴 기억과 빛깔이 어땠는지 더는
중요하지 않았다.

　　어디에 있었어? 그 이후로 한 번도
너희들을 볼 수 없었어. 오후가 가까스로
마음을 진정시킨 다음 묻자, 아이들은 오후를
기다리던 중 사람에게 입양되었다고 했다.
그래서 길에서는 찾을 수 없었구나. 오후가
안도하자 아이들은 그랬다고, 목소리가 낮고
다정한 인간의 집에서 10년이 넘는 시간 동안
편안하고 행복하게 살았다고 대답했다. 그
뒤로 오후는 다짐대로 아이들을 보호했다.
밤낮으로 영역을 지켰고, 자신은 굶더라도
아이들은 굶기는 법이 없었다. 아이들을
위해서라면 목숨을 수십 번 수백 번도 넘게
걸 수 있었어. 지난 생에서 지켜주지 못했던
만큼, 남은 생을 전부 걸어서라도 보호해주고
싶었어.

그런데 아니었어. 오후가 덤덤하게 말했다. 뭐가? 내 아이들이 아니었어. 그 애들이 나를 속였던 거야. 어미를 잃은 어리고 약한 몸으로 길에서 살아남으려면 내 보호가 필요했으니까. 나는 당황해서 말을 잇지 못했다. 고양이도 인간과 다를 바 없구나, 자신을 지키기 위해서라면 남에게 무슨 짓이든 하는구나, 하기야 그래서 오후도 나를…… 까지 생각하다가 멈췄다. 오후에게 상처 주고 싶지는 않았다. 그래서 어떻게 했어? 한참 만에 내가 물었다. 같이 살았어, 계속해서. 뜻밖의 대답에 나는 오후를 말없이 바라보았다. 아이들은 내가 눈감을 때까지 곁을 지켜주었고, 그 삶은 지금까지 중 가장 평화로웠어. 그랬구나. 잠시 뒤에 나는 덧붙였다. 내가 미안해.

다시 (가짜로) 살기

실은 내가 추측했던 비법이 따로 있어.
오후가 말했다. 그게 뭔데? 네가 매일
들여다보던 커다란 화면, 그 안에 비밀이
숨겨져 있다고 생각했어. 어두운 방 안에서 내
얼굴이 화면의 푸른빛으로 물들어 있을 때면
더더욱 그런 생각이 들었다고, 쏟아지던 빛의
정체가 늘 궁금했다고 오후는 말했다.

오후가 말하는 빛의 정체는 내가 그리는
만화를 가리키는 것일 테지. 하긴, 만화는
나에게 한 줄기 빛과도 같은 도피처였다.
단순 비유가 아니었다. 기 수련원에서도,
수련원에서 나온 뒤로도 나를 받아들여주는
공간이 어디에도 없었기에, 나는 가상의
방으로 숨어들었다. 만화의 네모 칸
하나하나는 내가 나로서 존재할 수 있던

안식처이자 나의 방, 나의 집.

현실에서는 침대나 옷장으로 간신히 존재해왔지만 만화에서만큼은 달랐다. 나는 6년간의 수련원 생활, 방임과 따돌림을 흰 네모 칸 안으로 옮겨왔는데, 그중 기 수련원 생활을 담은 웹툰 〈공〉은 3년간 꾸준히 그린 결과 열아홉 살 겨울에 정식 연재처가 생겼다. 계약금을 받은 즉시 친할머니 집에서 나와 하숙집으로 들어갔다. 그 뒤로 10년이 지난 지금까지 내 인생은 오로지 만화뿐이었다.

그건 아닐 거야. 네가 본 빛은 내가 존재하는 유일한 이유였거든. 오후가 무슨 뜻인지 되물어서, 나는 그 빛이 내가 그려온 만화라고 대답해주었다. 그런데 나는 왜, 네 존재감이 점점 더 희미해진다고 느꼈지. 지난 생보다 이번 생에서, 지난해보다 올해, 지난달보다 이번 달에 너를 더 느낄 수

없었어. 오후의 말을 듣고 나는 곰곰 생각에
잠겼다.

　만화가 아니었다면 나는 나에 대해
아무것도 알지 못했을 것이다. 어린 시절
내가 가장 자주 하던 상상은 수련원이
무너져 내리는 것이었다. 원장 부부에게 뺨을
맞으면서, 한겨울에 찬물로 몸을 씻으면서,
바닥에 무릎 꿇고 앉으면서, 기의 공을
굴리면서 나는 건물이 천장에서부터 무너져
내리는 장면을 상상했다. 모두가 남김없이
깔리고, 짓눌린 팔과 다리들, 새하얗게 무너진
잔해들과 모든 일의 영원한 중단에 대해
집요하게 상상했다. 〈공〉을 그리면서 나는 그
상상이 내 분노이자 슬픔, 좌절감이었음을
알게 되었다. 친할머니 집에서 나와 하숙방
이부자리에 누웠던 첫날 내가 느꼈던 감정은
해방감인 동시에 두려움이었다는 사실 또한

뒤늦게 알게 되었다.

　　나는 만화 속에서만 제대로 살아
있는 사람이었던 것 같아. 나는 오후에게
말했다. 그런데 더는 만화를 그릴 수 없게
된 거지. 무언가 잘못되어가고 있음을
깨달은 것은 〈공〉의 차기작인 〈0000〉을
연재하면서부터였다. 〈0000〉은 통장 잔고 0,
인간관계 0, 행동반경 0킬로미터, 메신저 알림
0인 지금의 내 일상을 다룬 만화였는데, 연재
시작 당시의 반응은 나쁘지 않았다. 불행이
적나라할수록 사람들이 더 관심을 보인다는
사실을 전작을 통해 알고 있었으니까.
그러나 아무리 유별난 불행도 반복되는 굴레
앞에서는 힘을 잃기 마련이었다. 나의 일상은
작은 연못이었다. 수면 위로 바람 한 점 불지
않았고 낙엽 한 장 떨어지지 않았다. 아무도
등장하지 않았고 따라서 아무런 파문도 일지

않았다.

〈0000〉 연재 단 두 달 만에 소재가
고갈되었다. 작품은 제목을 따라간다더니
조회 수 0, 별점 0, 댓글 0, 추천 수 0을 기록할
위기에 처했다. 처음에는 가벼운 슬럼프라고
생각했다. 푹 자고 일어나면 나아지겠지,
산책을 할까, 취미를 만들어볼까, 일기부터
써볼까. 그러나 시간이 지나도 나아지는 것은
없었다. 메마른 내면에서는 대사 한 줄, 장면
하나조차 흘러나오지 않았다.

내 존재감이 희박해진 것도 그때부터가
아니었을까? 만화를 그리는 것이 삶의
전부였는데, 그게 끝나버렸으니까. 나는
오후에게 이제 더는 만화로 옮길 내 삶이 남아
있지 않다고 말했다. 내 말을 들은 오후는
곰곰 생각해보더니, 내 비법에는 공통점이
있는 것 같다고 대답했다: 아무것도 사랑하지

않는 것.

　　기의 공을 만들기 위해 사랑하는 것들을
잊고, 사물이 되어 아무런 감정도 느끼지
않고, 전부를 쏟아부었던 일을 그만두는 것.
전부 다 사랑과는 멀어지는 일이니까. 오후의
말을 듣는 순간 화가 나고 당황스러웠는데,
그러한 감정을 느끼는 것조차 오후의 말이
그럴듯했기 때문이었다. 사랑하는 대상에게서
멀어질수록 희미해지는 게 존재감이라면,
나는 현실에 발 디디고 있다는 감각조차
사라졌을 정도로 사랑과 멀어진 것이다. 그
일이 내가 의도했던 것은 아닌데. 장시간 말이
없어진 나에게 오후는 네 잘못이 아니야,
하고 말해주었다. 내 생각 좀 그만 읽어. 내가
대답했다. 여기서는 듣고 싶지 않아도 들려.
그런데 나는 왜 네 생각이 들리지 않는 건데?
너는 아직 완전히 죽어본 적이 없잖아.

완전히 죽어본 적도 없지만 완전히
살아본 적도 없다. 존재감이 없는 이유에 대해
지금껏 깊이 생각해본 적은 없었는데, 그걸
사랑과 연관 짓다니. 나에게는 사랑이라는
단어 자체가 어색하고 낯간지러웠다. 저승길
한복판의 버려진 터미널에서 떠올릴 만한
단어는 더더욱 아닌 것 같은데. 있잖아, 어떤
일은 몰랐던 때가 훨씬 나은 것 같아. 내 말에
오후는 한참 머뭇거리더니 대답했다. 내가
미안해.

동시에 오후는 지난 생에서부터 품었던
의문이 비로소 풀렸다고 했다. 아, 그랬지.
우리가 이토록 긴 대화를 나눈 것은 단순히
내가 존재감이 없는 이유를 찾기 위해서가
아니라, 오후가 사랑하는 길고양이들을
보호하기 위해서였다. 그렇다면 앞으로
태어날 길고양이들에게 아무것도 마음에 품지

말고, 아무것도 사랑하지 말라고 당부해야
하는 걸까? 형편없는 비법이어서 미안해.
나는 오래도록 비법을 궁금해했을 오후에게
사과했다. 형편없지 않아. 큰 도움이 되었어.
오후는 덤덤하게 대답했다. 내 비법을 쓰려고?
음, 그러지는 않을 것 같아.

고양이들은 언제나

이승으로 치면 얼마큼의 시간이 흐른
걸까? 일주일? 하루? 어쩌면 고작 서너 시간?
오후와 나는 얼떨결에 비법을 알아낸 다음
침묵의 시간을 가졌다. 쓰지도 못할 비법을
알아내기 위해 오후는 너무 많은 시간을
낭비한 것이 아닐까. 목숨까지 바친 오후에게
미안한 마음이 들었다.

생각해보면, 하고 오후가 침묵을

깨고 말을 꺼냈다. 아무런 존재감 없이 살아가길 바랐다는 것 자체가 말도 안 되는 일이었어. 그러니 나한테 미안해할 필요 없어. 나는 그래도 미안하다고 대답했다. 전에 얘기했다시피 나한테 보은할 필요는 없어. 이번이 일곱 번째 삶이었다고 했지? 오후 네가 남은 두 번의 생을 잘 살았으면 좋겠어. 나는 진심을 담아서 말했다. 오후가 남은 생에서 아이들을 찾길 바라는 마음과 더불어 내가 이전 삶에 미련이 없는 것 또한 그대로였기 때문이었다. 그런데 이어진 오후의 대답은 전혀 예상 밖이었다.

  아, 실은 거짓말을 했어. 오후는 말했다. 나한테 남은 구슬은 두 개가 아니라 한 개야. 오후는 특수요원으로 살아왔던 삶이 네 번이 아니라 다섯 번이었다고 했다. 그러면 더더욱 네가 마지막 구슬을 사용하면 되겠네. 내 말에

오후는 자신은 더는 환생할 생각이 없다고
대답했다.

  나는 여기서 지낼 거야. 오후가 말했다.
그게 무슨 말이야? 삼색이들처럼 건물에
숨어 지내려고? 내가 되물었다. 그런 거
아니야. 오후의 계획은 처음부터 터미널
직원이 되는 것이었다고 했다. 그래서
환생하는 고양이들에게 내가 알아낸 비법을
전달해주고, 그런 다음에…… 아이들을 만날
생각이야. 터미널은 환생 구슬이 하나라도
남아 있는 고양이라면 무조건 지나칠 수밖에
없는 곳이니까. 시간이 흘러 언젠가 아이들을
만날 수 있을 때까지 나는 이곳에서 기다릴
거야. 그 말을 듣자 더는 오후를 설득할 수
없었다. 오후는 삼색이들 덕분에 일자리를
구할 수 있었다고 했다. 터미널 직원은
10년에 한 번 겨우 자리가 날까 말까 하는데,

아이들이 오후에게 그 자리를 양보해주었다는 것이다. 고양이들은 언제나 은혜를 갚으니까. 오후가 덧붙였다.

보은은 고양이 세계의 첫 번째 규칙이라고 했다. 나는 반드시 너에게 보은하겠지만, 구슬을 쓰거나 쓰지 않는 것은 네 선택이야. 내가 구슬을 쓰지 않더라도 나에게 구슬을 주겠다는 얘기야? 내 물음에 오후는 한 치 망설임도 없이 그렇다고 대답했다. 나를 따라 목숨을 써버린 것이 후회되지 않아? 오후에게는 이번 삶이 아이들을 이승에서 만날 수 있는 마지막 기회였을 테니까. 그러나 오후는 후회하지 않는다고 대답했다. 다섯 번의 삶 모두 최선을 다했어. 게다가 지금의 나는 아이들과 헤어질 당시 모습과도 가장 비슷하니까, 여러모로 운이 좋았다고 생각해.

서른 해 넘게 살아왔지만 오후가
보여주는 사랑은 내가 전혀 모르던
영역이었다. 나도 오후처럼 누군가를 위해
몇 번이고 다시 태어나고, 몇 번이고 최선을
다하고, 몇 번이고 실패할 수 있을까. 곧
떠나야 해? 하고 물었을 때 오후는 내가
마음의 준비가 될 때까지 기다리겠다고
했다. 나는 정말로 환생할 생각이 없어. 내가
말했다. 다시 돌아가는 게 두렵니? 두려워.
죽어서 내세로 가는 것보다 더? 글쎄, 라고
대답한 다음 두 눈을 감고 곰곰 생각해보았다.
내세가 알 수 없는 두려움이었다면, 이전의
삶은 아는 두려움이었다.

둘 다 고르지 않고 사라지는 방법은
없을까? 고민하던 내가 오후에게 물었다.
소멸에 대해서라면 나도 아는 바가 없어.
오후가 대답했다. 하긴, 소멸이 실재한다고

하더라도 그에 관한 이야기가 남아 있을 리 만무했다. 내세로 가서 다시 태어나면 천재 만화가가 될 수 있을까? 내가 다시 묻자 오후는 짧은 한숨을 내쉬었다. 돌아가서 계속 만화를 그리는 건 어때. 그럴 수는 없어. 왜? 할 수 있는 이야기가 남지 않았으니까. 그러자 오후는 말했다. 이곳에서 일어났던 일을 그리면 되잖아.

우스운 것은 오후의 말을 듣는 순간, 그토록 오랫동안 캄캄했던 내 머릿속에서 수십 가지 장면이 떠올랐다는 것이다. 환기구로 등장하는 오후, 기 수련하는 오후, 가로등으로 변신하는 오후, 그리고 아이들을 기다리는 오후. 오후와 주고받았던 대화는 대사로 바뀌고, 잿빛의 황량한 건물은 배경이 되었다. 그러자 이상하지, 죽어버린 몸 안에서 잠시나마 환한 불이 켜지는 듯했다. 오후와 함께했던 시간을 만화로 그린다면 나는 오후와 헤어져도 오후와 함께일 수 있을 것이다. 네모난 컷 안에서 움직이는 오후와 되살아나는 기억들, 그렇지만, 동시에 나는 불이 꺼진 뒤 몰려오는 적막에 대해서도 알고 있었다.

어떻게 할지 정했어. 한참 만에 내가 입을 열었다. 나한테는 얘기하지 마. 오후가 대답했다. 당황해서 왜인지 묻자 오후는 나를 다시 만날 수 있을 거라는 희망을 간직하고 싶다고 했다. 네가 원래의 삶으로 돌아가고, 내가 이곳에서 오래도록 일하다 보면, 우리가 다시 만날지도 모르잖아. 그런 기대가 너를 힘들게 하지는 않아? 나는 결국 참지 못하고 물었다. 영영 이루어질 수 없을지도 모르는 일에 전부를 거는 일이 정말로 괜찮은 거야? 하고 더 소리치고 싶은 마음을 가까스로 참아내면서. 왜냐하면 오후가, 여덟 번을 거듭 태어나도 변함없는 오후가, 이렇게 대답했기 때문이었다. 힘든 것을 이겨내게 만드는 것도 희망이잖아.

깊은 밤을 날아서

오후는 몸을 낮추더니 몇 번의 기침과 함께 마지막 환생 구슬을 토해냈다. 나는 오후가 뱉어낸 구슬을 손으로 움켜쥐었다. 그럴 리 없을 텐데, 작은 구슬에서 오후의 따뜻한 체온이 느껴지는 듯했다. 잃어버리면 안 돼. 오후의 당부를 들으면서 철문 앞에 서자, 이번에도 문이 스르르 열렸다. 어떻게 한 거야? 내가 열려고 했을 때는 꼼짝도 하지 않던데. 내가 오후에게 물었다. 마음속으로 문이 열리길 바라면서 기다리면 돼. 그게 다야? 그게 다야.

　　우리는 잿빛 복도를 지나 터미널
바깥으로 나왔다. 바깥은 실내와 마찬가지로
잿빛이었고, 오후의 길 안내를 받으며 계속
걷다 보니 아까와 똑같은 모양의 터미널이
나타났다. 그런데 터미널 입구가 인간을
비롯한 동물들의 긴 행렬로 가로막혀 있었다.
한참 기다려야 할 것 같은데? 내가 묻자
오후는 직원 전용 통로가 있다고 말해주었다.

　　오후를 따라서 터미널 뒤편으로 가자
한적한 출입구가 나타났다. 우리는 여기서
헤어지자. 비법을 알려줘서 고마웠어. 오후가
나에게 인사했다. 잘 지내야 해. 내 말에
오후는 그러겠다고 대답해주었다. 너는
자유롭고 어디로든 갈 수 있으니까, 긴장할
필요 없어. 그렇게 말해주는 오후가 너무나도
차분하고 다정했기에 내가 간과했던 것은,

오후 역시 처음 맞이하는 완전한 죽음이
두려웠으리라는 사실이다. 그때의 나는
오후의 두려움을 미처 읽어내지 못했다.
대신에 나는 오후의 호박색 눈동자를 잊지
않기 위해 오래도록 들여다보았다. 길고도
짧은 눈인사 끝에 오후는 터미널 위층의
직원실로, 나는 지하의 환승 구역으로
이동했다.

　　환승 구역에 들어서자 여러 동물들,
대부분 비둘기와 고양이로 붐비는 와중에
인간들이 모여 있는 곳이 눈에 들어왔다.
그곳으로 가까이 다가가자 나이 지긋한
노인 하나가 나에게 이쪽 줄을 서면 된다고
알려주었다. 그에게 고맙다고 인사한 다음
줄을 섰다. 앞을 보니 환승 수속 담당
직원들은 전부 고양이들이었다. 오후도 저
일을 맡게 되려나? 궁금해하던 중 누군가 내

어깨를 톡톡 쳤다.

　혹시 〈공〉을 그린 작가님 아니세요? 뒤를
돌아보니 앳된 얼굴의 여자애 하나가 서
있었다. 맞아요. 어떻게 알아봤어요? 나는
놀라서 물었다. 살아 있을 적에도 길에서 나를
알아본 사람은 없었는데. 인터뷰 기사 사진을
본 적 있어요. 제가 작가님 팬이거든요. 아,
그 끔찍했던 사진. 늦잠 자고 일어나서 잔뜩
부은 얼굴로 찍힌 사진이었는데, 그걸로
나를 알아보다니. 지금 내 몰골이 어떨지는
안 봐도 뻔했다. 작가님께서 아프시다는
건 알고 있었는데, 여기서 뵙게 될 줄은
몰랐네요. 순간 내가 아프다는 얘기를 어디서
들었냐고 되물을 뻔하다가, 작년에 김미진
편집자가 나를 대신해서 올린 〈0000〉 휴재
공지를 가까스로 기억해냈다. 공지에는 작가
건강상의 이유로 당분간 휴재한다고 쓰여

있었다.

아파서 죽은 건 아니에요. 내가 설명했다.
보일러 가스가 새는 바람에 여기 오게 됐어요.
여자애는 〈0000〉을 재밌게 보던 중에 휴재
공지가 올라와서 아쉬웠다고 했다. 저랑
일상이 비슷해서 계속 보고 싶었거든요. 그
말에 나는 여자애를 다시 바라보았다. 안색이
유난히 창백해 보였다. 학생은 어쩌다 여기에
왔어요? 강에 뛰어들었어요. 추웠겠다, 하고
내가 중얼거리자 엄청 추웠죠, 라는 대답이
돌아왔다. 그래도 여기 오니까 하나도 안
추워요. 잠시 뒤 여자애는 궁금한 게 있다면서
물었다. 〈0000〉이 완결될 수 있었다면,
주인공은 마지막까지 0000으로 끝났을까요?

질문을 듣는 순간 내가 떠올린 것은 흰
네모 칸 위를 뛰어다니는 검은색 고양이 한
마리. 높은 데서 뛰어내리거나, 둥그렇게

웅크리거나, 꼿꼿하게 서 있는 고양이 한
마리. 나는 오후의 기다림과 오후의 사랑,
오후의 용기와 오후의 쓸쓸함을 떠올렸다.
동시에 내가 그것을 아주 오래도록 곱씹게
되리라는 사실을 알게 되었고, 이제껏
경험해본 적 없던 생소한 감정이 밀려들었다.
나는 오후가 무척이나 그리워졌다. 아닐
거예요. 나는 여자애를 바라보며 대답했다.
결말을 생각해본 적은 없지만, 그건 아닐
거예요.

　　대화 중에 어느덧 내 차례가 되었다.
떠나기 전 나는 여자애한테 말했다. 따뜻한
곳으로 가요. 감기에 걸리지 않도록. 그런
다음 창구 앞으로 가서 오후가 알려준 대로
담당 고양이에게 환생 구슬을 내밀었다.
아, 고양이의 보은을 받았군요. 회색 턱시도
고양이가 천천히 구슬을 살펴보더니

말했다. 보은을 입은 인간은 기존의 삶으로 환생하거나 내세로 가는 것, 둘 중 하나를 자유롭게 선택하실 수 있습니다. 나는 선택하기 전에 부탁을 하나만 해도 되는지 물었다. 물론이죠. 고양이가 대답했다.

오늘부터 터미널에서 새로 근무하게 된 고양이가 있을 거예요. 오후라는 이름의 검은 고양이인데, 그 애한테 한마디만 전해주실 수 있나 해서요. 내가 말했다. 무슨 말을 전해드릴까요? 다음에 또 만나자고 전해주세요. 그러자 회색 턱시도 고양이는 고개를 끄덕였다. 꼭 전해드릴게요. 이곳에 있는 고양이라면 누구든지 듣고 싶어 하는 말이니까요. 터미널에서 일하는 고양이들은 전부 누군가를 기다리고 있나요? 혹시나 해서 물어본 것이었는데, 그렇다는 대답이 돌아왔다. 그럼요. 우리는 다시 만나야 하는 존재가 있어서 이곳에 남기로 한 거예요.
지난주에는 동료가 17년의 기다림 끝에
첫사랑과 재회하는 것을 보았다고 고양이는
말했다. 그래서 오후가 일자리를 얻을 수
있었던 것이구나.

　　이건 저도 들은 얘기인데요, 하고
회색 턱시도 고양이는 나에게 속삭이듯
말해주었다. 기다리던 존재가 나타나는
순간에는 이 터미널이 색깔들로 채워진대요.
한 번도 본 적 없던 화려한 색들로. 나는
고양이의 말을 듣고 주위를 둘러보았다. 온갖
색으로 화려해진 터미널을 상상해보자 마음이
일렁거렸다. 저는 사랑보다 그리움을 먼저
배운 것 같아요. 잠시 뒤에 내가 말했다. 둘은
같은 말이나 다름없어요. 고양이가 대답했다.

　　나는 이내 마음의 결정을 내렸다. 회색
턱시도 고양이가 눈을 반짝이며 나를

바라보았다. 환생을 선택하셨군요. 네. 번복
없으시고요? 네. 자, 그럼 구슬을 입안에 넣고
눈을 감아보세요. 나는 고양이의 말을 따라
구슬을 입안에 넣고 눈을 감았다. 오후가
여덟 번의 생 내내 품고 있었을 단단한 구슬,
그것이 입안에서 녹아내리기 시작하는데
어쩐지 눈물이 날 것만 같았다. 그 순간
천천히 녹아가는 오후의 구슬에서 내가 느낀
것은, 한번 맛을 보면 영원히 잊을 수 없을
것만 같은, 새큼하고도 씁쓸한 환생의 맛.

작가의 말

과거로 돌아갈 수 있어?

우리는 사람들을 만나면 종종 묻는다.
누군가는 아쉬운 듯한 얼굴로 돌아가고
싶다고 대답하고, 누군가는 손을 내젓는 질문.

언젠가 엄마에게 묻자, 엄마는 망설임
없이 내가 어렸을 때로 돌아가고 싶다고 했다.
다시 돌아간다면 엄마를 더 잘할 수 있을 것
같아. 그렇지만 엄마, 나는 엄마가 그동안
어떻게 살아왔는지를 아는데. 혼자서 나와
동생을 키워낸 엄마를 물끄러미 바라보았던

기억.

늘 의연해 보이는 오후라고 해서 여덟 번의 생 동안 잊고 싶은 기억, 낫지 않는 상처가 없었을까. 그러나 오후가 반복되는 생을 매번 처음처럼 뛰어들게 만든 것은 전부 아이들이었을 것이다. 돌이켜보면 《0000》은 오래전 엄마의 대답에서부터 시작된 소설인 듯하다.

❖

소설을 쓰고 나서 계속 마음에 걸리는 인물이 있었다면, 주인공이 환생하기 직전 터미널에서 만난 여자아이이다. 한겨울 강물에 뛰어들었다는 여자아이. 그 아이에게 조금 더 따뜻하게 대해줄 수 있었을 텐데. 최종 원고를 보내놓고도 며칠 밤을 더

뒤척이다가 결국 따뜻한 곳으로 가라는 말을
덧붙였다. 감기에 걸리지 않도록. 두 문장을
덧붙이고 나서야 마음에 걸리는 것 없이 잠들
수 있었다.

❖

《0000》을 쓰는 데 반년이 걸렸다.
이렇게나 오래 걸리다니……. 일상을 살아가는
힘이 떨어지던 시기였다. 그 시기를 묵묵히
기다려주신 김해지 편집자님에게 감사드린다.
덕분에 환승 터미널을 지나온 주인공처럼
어디로든 갈 수 있을 것만 같은 마음으로 작은
책을 낼 수 있게 되었다.
　　이 소설을 읽어주신 모든 분에게도
진심으로 감사한 마음을 전합니다. 앞으로는
조금 더 좋은 마음으로 소설을 쓰고 싶습니다.

새 마음으로 새 소설을 써보겠습니다.

2024년 여름

임선우

임선우 작가 인터뷰

Q. 단순하지만 시선을 잡아끄는 제목《0000》에 대해 먼저 이야기해보고 싶어요. "통장 잔고 0, 인간관계 0, 행동반경 0킬로미터, 메신저 알림 0"(59쪽)인 '나'의 삶을 의미하기도 하고, '나'를 "제대로 살아 있는 사람"이게 해주었던 만화 한 편이기도 하고, 아무도 변경하지 않은 도어 록 비밀번호 같기도 해요. 이 제목을 지으시면서 어떤 이미지를, 어떤 장면이나 사물을 떠올리셨는지 궁금합니다.

A. 맞아요, 아무도 변경하지 않은 도어 록 비밀번호를 떠올렸어요. 더 정확히는 그런 도어 록이 달린 집을 상상했습니다. 문은 그저 형식상 달려 있는, 그래서 누구든지 들어올 수 있는 안전하지 않은 집. 비밀번호는 자신에게 소중한 것을 남들로부터 지키기

위해 만들잖아요. 그것을 방치하는 것은 어찌
보면 소중한 것이 하나도 없다는 뜻 아닐까요.

어느 날 그 집에 도둑이 들어서 가구와
집기까지 다 훔쳐 간다고 해도, 집주인은 아무
일 없었던 것처럼 행동할 거예요. 찬 바닥에
누워 잠을 자고 거친 빵으로 식사를 대신할
겁니다. 잃어버린 것들을 그리워하거나
슬퍼할 감정조차 남아 있지 않은 상태니까요.
《0000》은 그런 마음가짐으로 살아가던
인물에서부터 시작한 소설입니다.

재밌었던 점은 소설을 완성한 뒤에
스스로 느끼는 0000의 의미가 달라졌다는
거예요. 결말을 쓰고 나자 공허하게만
느껴지던 0000이 모든 것이 초기화되고 나서
새로 주어진 숫자들처럼 느껴졌어요. 저에게
0000은 이제 무한한 가능성을 품은 숫자예요.

Q. 길고양이 생활을 하던 오후가 '나'를 환승 터미널로 납치한 이유는, 그가 바로 "만나본 생명체 중에서 가장 존재감이 없는"(16쪽) 존재였기 때문인데요. 두 주인공을 만나게 해준 키워드인 '존재감'에 대해 더 이야기해보고 싶어요. 소설에서 어느 정도 답을 내려주셨지만 좀 더 깊이 듣고자 합니다. 작가님께 '존재감'이란 무엇인가요? 사람에게 '존재감 있다'라는 문장이 성립하려면 어떤 요소가 필요할까요?

A. 최근에 기천문이라는 무술을 배우기 시작한 이후로, 존재감이란 '내 안의 나를 바로 세우는 힘'과 같은 말이 되었습니다(이는 기천문의 기본자세 '내가신장(內家神將)'을 풀이한 뜻입니다). 존재감이 있다는 것은 내가 나를 바로 세우는 힘이 있는 상태를 의미하고요.

기천문 스승님께서는 수련을 오래 할수록 위험으로부터 나를 지키는 힘, 그리고 내가 나를 돌보는 기운이 강해진다고 하셨습니다. 그 모든 수련이 '내 안의 나를 바로 세우는 힘'에서부터 시작한다는 사실이 어쩐지 뭉클하지 않나요……. '나'가 유난히 존재감이 없었던 이유 또한 그러한 힘이 전혀 없는 상태였기 때문이었고요. 결국 자신을 잘 돌보는 자가 진정으로 강한 자라는 것을 무술을 통해 다시 배울 수 있었어요. (혹시나 해서 덧붙이자면 기천문은 종교와 무관합니다. 소설에서 등장하는 기 수련과 전혀 달라요!)

Q. 개인적으로는《0000》과 함께하는 순간마다 '영역 동물'이라는 단어를 곱씹었어요. 오후가 여덟 번 되돌아가 사랑하는 아이들을 기다렸던 영역, '나'가 10년이 넘는 시간 동안 아껴온 집, 가상의 안식처였던 만화의 네모 칸들……. 작가님께 항상 되돌아가고 싶은 '영역'은 어디인가요?

A. 질문을 받고 며칠 고민해보았는데요, 아무래도 저에게 항상 되돌아가고 싶은 영역은 없는 듯해요. 영역 동물은 자신의 영역에 대한 책임감이 있고, 그것을 지키기 위해서라면 언제든 싸울 각오가 되어 있잖아요. 그런데 저는 싸우면 아무래도 질 것 같습니다. 오히려 제가 꿈꾸는 것은 작은 캐리어 하나에 모든 짐이 들어가는, 그래서 언제 어디로든 떠날 수 있는 삶이에요.

대신에 힘들 때면 마음속으로 떠올리는 장소가 하나 있긴 합니다. 몇 년 전 싱가포르에서 유학 중이던 동생 집에서 한 달간 지낸 적이 있는데요, 저녁거리를 사서 돌아오는 길에 충동적으로 한 건물 옥상에 올라가 파파야를 먹으면서 동네를 내려다본 적이 있어요. 습하고 더운 나라에서 자란 과일을 먹으면서, 저 멀리 오래된 나무들 사이로 다양한 언어를 사용하는 사람들이 오가는 모습을 구경했습니다. 그러다 문득 제가 가진 고민이 이곳으로부터 몇천 킬로미터 떨어진 곳에서 생겨났다는 사실을 떠올렸어요. 별일 아니라는 생각이 들더라고요. 지금도 때때로 압박감에 시달릴 때면, 마음속으로 그때의 옥상을 떠올리고는 합니다. 그러면 마음이 한결 가뿐해져요.

Q. "너는 자유롭고 어디든 갈 수
있으니까, 긴장할 필요 없어."(71쪽) 환승
터미널에서 헤어질 때 오후가 건넨
마지막 인사는 "여덟 번을 거듭 태어나도
변함없는"(70쪽) 고양이답게 단단하고
아름다웠어요. 사소한 질문이지만, 오후가
토해낸 마지막 환생 구슬의 색깔은
무엇이었을지 궁금해요. 그리고 삶으로
돌아온 '나'는 제일 먼저 무엇을 했을까요?

A. 환생 구슬 색깔은 흰색입니다.
그림에서 아주 환한 빛은 흰색으로
표현하잖아요. 그처럼 아주 순수한 빛의
색깔이었으면 했어요. 다시 태어나는 것에는
많은 용기가 필요하니까요. 그것을 응원해줄
수 있을 만큼 환하고 순수한 빛의 색이었으면
좋겠다고 생각했어요.

두 번째 질문에 답하자면, '나'는 우선 보일러 배관을 고쳤겠지만…… 재미없는 대답을 뒤로하자면, 다시 책상 앞에 앉았을 거예요. 그러고는 오후와 함께했던 시간을 차분하게 적어 내려갈 것입니다. 그동안 '나'의 얼굴은 언젠가 오후가 봤던 것처럼 무표정하다가도 종종 환희에 차게 될 거예요. 지난번 생과 똑같은 모습처럼 보일 수도 있겠습니다만, 내면은 완전히 달라져 있습니다. '나'는 오후를 통해 사랑을 배웠고, 그것은 용기를 갖게 되었다는 말과도 같으니까요. 용기 있는 사람은 앞으로 나아갈 수 있어요. 하루하루 나아가고 한 칸 한 칸 채워나갈 힘을 갖고 꿈꾸던 작업을 시작할 것입니다.

Q. "하필이면 마감일에 납치를 당했다. 편집자는 나를 더는 기다려주지 않을 것이다."(7쪽) 첫 문장부터 마감 노동자의 절절한 고통과 직면하고 여러 의미로 쓸쓸히 웃을 수밖에 없었는데요. 대사 한 줄 장면 하나 흘러나오지 않는 시간, 존재감을 잃어가는 시간을 보내실 때 작가님께서는 주로 무엇을 하시는지 궁금해집니다. "끝끝내 채울 수 없었던 무수한 빈칸들"(31쪽)을 채울 수 있게 해주고, "입을 열지 않던 인물들"을 움직이게 해준 것은 무엇이었을까요?

A. 용기 내는 일이요. 지난 30년간 저를 지켜본 결과, 가장 쉽게 용기를 얻는 방법은 운동화를 신는 것입니다. 무작정 밖으로 나가서 땀 날 때까지 운동하거나 걷고 나면 사고가 단순해집니다. 저 같은 사람들은 바로

그때를 노려야 해요. 존재감을 잃어가는 시기에 떠오르는 생각들은 대부분 용기를 잃게 만드니까…… 의도적으로 생각을 줄인 틈을 타서 제 몸을 카페로 데려다 놓는 겁니다. 그때부터는 '여기까지 온 김에 아무거나 쓰자 상태'가 됩니다. 글로 쓰니까 바보 같아 보이는데요, 효과는 확실히 있습니다.

한 조각의 문학, 위픽 (wefic)

위픽은 위즈덤하우스의 단편소설 시리즈입니다.
'단 한 편의 이야기'를 깊게 호흡하는
특별한 경험을 선사합니다.

이 작은 조각이 당신의 세계를 넓혀줄
새로운 한 조각이 되기를.
작은 조각 하나하나가 모여
당신의 이야기가 되기를.

당신의 가슴에 깊이 새겨질
한 조각의 문학, 위픽

위픽 뉴스레터 구독하기
인스타그램 @wefic_book

- 57

0000

초판 1쇄 발행 2024년 8월 14일
초판 3쇄 발행 2024년 12월 2일

지은이 임선우
펴낸이 최순영

출판2 본부장 박태근
스토리 팀장 김소연
편집 곽선희 김다인 김해지
디자인 이세호

펴낸곳 ㈜위즈덤하우스 **출판등록** 2000년 5월 23일 제13-1071호
주소 서울특별시 마포구 양화로 19 합정오피스빌딩 17층
전화 02) 2179-5600 **홈페이지** www.wisdomhouse.co.kr

ⓒ 임선우, 2024

ISBN 979-11-7171-707-1 04810
979-11-6812-700-5 (세트)

값 13,000원

· 이 책의 전부 또는 일부 내용을 재사용하려면 반드시 사전에
저작권자와 ㈜위즈덤하우스의 동의를 받아야 합니다.
· 인쇄·제작 및 유통상의 파본 도서는 구입하신 서점에서 바꿔드립니다.